ESSAIS
DE POÉSIE,

PAR MADEMOISELLE
S. A. F. D***** DE L****.

A PARIS,
CHEZ LES MARCHANDS DE NOUVEAUTÉS.

1825.

ESSAIS
DE POÉSIE.

DE L'IMPRIMERIE DE PLASSAN, RUE DE VAUGIRARD, N° 15,
DERRIÈRE L'ODÉON.

ESSAIS

DE POÉSIE,

PAR MADEMOISELLE

S. A. F. D***** DE L****.

À PARIS,

CHEZ LES MARCHANDS DE NOUVEAUTÉS.

1825.

ESSAI PREMIER.

LA MORALE DE LA FABLE.

1re LEÇON.

AJAX.

.... Pallas-ne exurere classem
Argivum, atque ipsos pŏtuit submergere ponto
Unius ob noxam et furias Ajacis Oïlei?
Ipsa Jovis rapidum jaculata è nubibus ignem,
Disjecitque rates, evertitque Æquora ventis:
Illum expirantem transfixo pectore flammas
Turbine corripuit, scopuloque infixit acuto.

VIRGILE, *Énéide*, L. Ier.

ESSAI Ier.

LA MORALE DE LA FABLE.

1re LEÇON (1).

AJAX.

Neptune aux fiers autans avait livré les mers.
Sous leurs souffles fougueux déchaînant les orages,
Ces rivaux en courroux battaient les flots amers.
    Les flancs mugissans des nuages
Vomissaient, sans repos, les foudres, les éclairs;
Et les monts écumeux qui s'élevaient sur l'onde,
Portés en bouillonnant jusqu'aux cieux entr'ouverts,
        Dans leur chute profonde,
Retombaient, en grondant, aux gouffres des enfers.

---

(1) L'auteur, en publiant cet Essai, annonce une série de tableaux de ce genre, tirés de la mythologie, offrant chacun une leçon de morale. Puisse ce morceau être bien accueilli!

Les vents, les feux, les eaux confondus dans les airs,
De leur lutte ébranlaient les fondements du monde.

Ajax avait des dieux bravé la majesté,
Quand, le triste Ilion tombant réduit en cendre,
Aux autels de Pallas il outragea Cassandre.
Triomphant, il voguait sous un ciel irrité;
Mais le dieu du trident, frappant les mers profondes,
Engloutit ses vaisseaux dévorés par les ondes.
Surnageant sur le dos du gouffre furieux,
L'intrépide Ajax, seul, échappé du naufrage,
Debout sur un rocher, insultait à l'orage,
Et bravait le courroux et des mers et des cieux.

« J'ai vaincu, criait-il, j'ai vaincu la tempête !
» Des fureurs de Pallas ministres impuissants,
» Tonnez, tyrans des mers, grondez, flots menaçants;
» Que tous les feux du ciel éclatent sur ma tête !
» J'ai vaincu Mars, Diane, et Neptune et Pallas (1);

---

(1) Non me fugavit bellici terror Dei;
Et Hectorem unà solus et martem tuli :
Phœbea nec me tela pupulerunt gradu;
Cum Phrigibus istos vicimus. Tandem Horream

» J'ai vaincu les héros, et les dieux et leur foudre;
» Dieux! vos traits dévorants ne m'épouvantent pas,
» Et je veux, impuni, vous forcer à m'absoudre! »

Cependant le nuage inondé de clartés
S'entr'ouvre...... C'est Pallas, de courroux enflammée;
La vengeance étincelle en ses yeux irrités;
Elle tonne, et des feux dont sa main est armée,
Frappe, enveloppe Ajax en des sillons brûlants,
Le déchire à grand bruit, arrache de ses flancs,
Avec des flots de feux, son âme sacrilége;
Et souillant le rocher de ses lambeaux sanglants,
Des autels profanés venge le privilége.

Mais le courroux des dieux est enfin consommé.
D'un coup-d'œil la déesse a fait taire l'abîme.
Fille de Jupiter, du dieu vengeur du crime,
Aux rayons éclatants dont son front est armé,
C'est Pallas..... Le flot tombe et le ciel est calmé.
Les vents tumultueux, ministres de l'orage,

Aliena inerti mitti dexterâ?
Quid si ipse mittat??

SÉNÈQ., *Agamemnon*, act. 3.

Dans leurs antres profonds rentrent épouvantés.
Le fougueux ouragan, en déposant sa rage,
    Expire à ses pieds respectés.
Des cieux ensevelis dans une nuit profonde,
Le soleil triomphant a dévoilé l'azur;
Et sur son char léger Neptune effleurant l'onde,
De l'abîme comblé rase le cristal pur.
Alors du haut du ciel une voix formidable
Trouble, en sons éclatans, les airs silencieux :
« Apprenez, ô mortels, dont l'audace coupable
    » Ne craint point d'attaquer les cieux,
» Que nul crime n'échappe aux vengeances des dieux! »

ESSAI 2e.

LE JEUNE POÈTE MOURANT.

CHANT ÉLÉGIAQUE.

Sunt hîc etiam sua prœmia laudi.

VIRGILE.

A... F** L***, jeune homme dont les premiers essais promettaient un poète à la France, sans fortune, aimait une jeune personne riche. Son goût pour la poésie fut une des causes qui mirent obstacle à son hymen. Le talent des vers est regardé comme une manie frivole, tant qu'il n'a pas reçu l'approbation des succès publics. L*** quitta les muses pour les comptoirs de Plutus; malgré ce sacrifice, il se vit préférer un rival moins aimant mais plus riche : il mourut bientôt victime de sa passion invincible.

ESSAI 2e.

LE JEUNE POÈTE MOURANT.

CHANT ÉLÉGIAQUE.

— « Tu ne videras pas la coupe de la vie;
» Encor pleine, elle va se briser dans ta main.
» Au banquet des mourants le destin te convie,
» Et ton dernier soleil se levera demain!
— Destin! je te rends grâce et bénis ta colère;
J'embrasse, sans terreur, l'oracle de ta voix;
Tiens! reprends cette coupe amère;
Ma bouche y boit le fiel pour la dernière fois!

Ah! qu'ai-je fait aux dieux dont le courroux m'accable?
Qu'ai-je fait aux cruels humains?
Le remords ne vit point dans mon âme coupable;
Nul crime n'a souillé mes mains;
Jamais mensonge affreux n'a flétri mon langage;
L'innocence n'a pu m'accuser de ses pleurs;

Mon cœur aux pieds des dieux portait un pur hommage;
J'eus quelques vertus.... et je meurs!

Les dieux! et que leur font les vertus ou les crimes?
Des vertus, des talens, les dieux semblent jaloux.
Le destin au hasard va prendre ses victimes;
Jamais la main des dieux n'a détourné ses coups.
Le destin est aveugle et les dieux sont injustes.
A l'espoir du colon promettant leurs fruits mûrs,
Tombent, sous l'ouragan, de fertiles arbustes,
Et du ciel respecté croissent les ifs impurs.

Des vertus! qu'importe aux humains?
De l'or! ce n'est que l'or, l'or seul que l'homme encense...
Fortune! je te suis n'importe en quels chemins;
Dût ton char, dans son cours, écraser l'innocence;
Livre tes trésors à mes mains.
L'amour, sans un trésor, rend ma vie importune!
Mais c'est en vain; mes pieds lassés,
Des liens de l'honneur encore embarrassés,
S'arrêtent, impuissants à suivre la fortune,
Et trompent mes vœux insensés.

Né pauvre, je meurs pauvre, et je maudis la vie.
Est-ce l'amour de l'or qui causa mes malheurs?

Non. Riche des fruits et des fleurs
Que je cueillais, sans peine, aux bords de Castalie,
Le nectar le plus doux nourrissait mes beaux jours;
Les baisers des neuf sœurs faisaient mes seuls amours.
Lorsqu'avec un chaste sourire,
Elles ouvrent les bras à leurs jeunes amans,
Les muses, pour richesse et pour seuls ornemens,
N'ont que de simples fleurs, des lauriers, une lyre.
Et que demande aux dieux le chantre ailé des bois?
Une amante, un beau ciel, des parfums, une voix:
Roi dans ses palais de feuillage,
Il possède les cieux, le vallon, le bocage;
Il ravit les échos du doux bruit de ses chants;
Aime sa tendre amante; avec elle partage
Le grain que le soleil a mûri dans les champs.
Une lyre, un ciel pur, un simple toit de chaume,
Pour richesse des fleurs, un vallon pour royaume,
Mais sans amante encor je coulais d'heureux jours.
Insensé! sur les pas des perfides amours,
Renonçant aux faveurs des vierges que j'oublie,
Je change leur séjour pour les bois d'Idalie:
« Jardins, vallons riants qui m'avez tant charmé,
» Laissez-moi respirer la fleur qui vient d'éclore!
» Que j'enivre mon cœur à son souffle embaumé!

» Livre-toi, jeune fleur, à ma main jeune encore. »
— Que fais-je? un suc impur dans le sol enfermé,
Aliment de ces fleurs qu'un ciel impur colore,
Circule, et les féconde au sein de ces vallons;
Je crois cueillir des fleurs : je cueille des poisons !

J'approche avec transport de mes lèvres avides,
Le nectar exprimé de ces plantes perfides.....
O dieux ! je suis en proie à ce philtre puissant !
Sur mon cœur embrasé goutte à goutte il retombe;
Il pénètre mes os, bouillonne dans mon sang;
    Je me consume ! je succombe !
    Je meurs à mon riant matin !
Oublié dans la plaine aux pieds d'un long sapin,
Tel un germe de feu se glisse sous l'écorce;
En silence nourri de ses sucs résineux,
D'abord faible, il grandit, développe sa force,
Serpente, et se déploie autour du tronc noueux;
Il monte vers le faîte, il s'allonge, il domine;
Cherche son aliment, le dévore à grand bruit;
D'un vêtement de flamme enveloppe la cîme,
Et l'arbre embrasé tombe et s'éteint dans la nuit (1).

---

(1) Nam sæpè incautis pastoribus exidit ignis;

Ainsi je me consume au sein de la nuit sombre.
Je meurs ! ma bouche en vain implore des secours ;
Je meurs ! et mon flambeau n'a brillé que dans l'ombre.
Qui ? moi ! déjà mourir ! après si peu de jours !
Pourtant un feu divin féconda mon génie ;
Je sens là des germes puissants ;
Et sans jeter les yeux sur mes efforts naissants,
La gloire, indifférente, a passé sur ma vie.

De l'intrépide aiglon que n'avais-je l'essor ?
A peine revêtu de son plumage d'or,
Jeune, mais confiant dans sa force première,
Et de ses yeux de flamme affrontant la lumière,
Superbe, au haut des cieux il vole, il vole encor,
Plane dans le soleil, s'empare de la foudre,
Se montre environné d'éclairs,
Et d'un œil dévorant voit, du sommet des airs,
Sa proie, en longs replis, se traînant dans la poudre.

Phaëton, Phaëton, mon cœur ambitieux

Qui furtim pingui primùm sub cortice tectus
Robora comprendit, frondesque elapsus in altos
Ingentem cœlo sonitum dedit...............

VIRGILE, *Geor.*, L. II.

Est jaloux des destins prédits à ton audace,
Toi qui, fils du soleil, prouvas ta noble race.
— « Non, tu n'es pas le fils des dieux;
» Mortel, tu n'es qu'un téméraire, »
Criaient ses obscurs envieux.
— « Et Phœbus les entend sans pâlir de colère !
» Assis à son char radieux.
» A ces blasphémateurs montrons quel est mon père.
» Oui, je les convaincrai : brillant au haut des cieux,
» Mon grand cœur ne craint point une chute profonde.
» Immortel, si j'achève ou non ce beau dessein,
» Dussé-je l'embraser j'éclairerai le monde ! »
— Il dit; l'espoir, l'orgueil, ont fait gonfler son sein.
Dans des flots de clartés sur le char il s'élance;
Fier, il plonge son œil dans la carrière immense;
Triomphe sur l'axe enflammé;
Voit ses vils ennemis du haut de sa victoire;
Il part, brille sur eux, et tombe consumé....
Mais du char du soleil peut-il tomber sans gloire?

Et moi! je suis aussi le fils du dieu du jour.
Hélas! je les ai vus m'accuser d'impuissance,
Et je tombe, ignoré, sans prouver ma naissance,
Victime des feux de l'amour.

Soleil ! âme du monde, et foyer du génie,
Tu chasses d'un coup-d'œil la nuit au sein des mers ;
Ton coup-d'œil du néant fait sortir l'univers,
Et le plonge en des flots de lumière et de vie.

Dieu visible à nos yeux, premier Dieu des mortels,
Le vol de Prométhée à ta source sublime
Puisa les germes éternels
D'où sortit, sous sa main, l'âme qui les anime.
Le génie est un don de tes feux paternels.
Comme eux son œil brûlant perce au fond de l'abîme.
Il n'est point d'horizon pour son regard divin.
Immense, il prend son vol et s'empare du monde.
Il peuple l'Univers dans sa marche féconde,
Et contient, comme Dieu, l'infini dans son sein.

O soleil ! hâte-toi d'échauffer mon génie.
Je meurs ! viens dans mon sein verser tes feux puissans,
Viens retarder la mort, inspirer mes accents,
Viens recevoir mon hymne, ô dieu de l'harmonie !

Du vieillard qui s'éteint, penché vers son tombeau,
Le sang, déjà glacé, se réchauffe à ta flamme ;
Et pour jouir encor tu fécondes son âme.
Il dit : « Encor un jour ! » et bénit ton flambeau !

Au printemps de ses jours le jeune homme t'implore :
Mes yeux cherchent au ciel les regards de tes yeux.
Dans mon âme expirante ils appellent tes feux.
O soleil, dieu des jours, dois-tu me luire encore?....

Mais tu parais enfin : ton flambeau rallumé
Me rend, pour un moment, la vie et l'espérance.
Il réjouit mon cœur, épuisé de souffrance.....
Mais il ajoute aux feux dont je suis consumé.

Adieu, beau ciel, coteaux, bois, vallons; je succombe !
Je sens mon cœur s'éteindre et l'espoir m'échapper.....
Le soleil est si beau !.... Quoi ! la mort va frapper !
Qu'on aime le soleil sur le bord de la tombe !

ESSAI 3e.

ODE

A L'OCCASION DU TRIOMPHE

DE S. A. R. MONSEIGNEUR

LE DUC D'ANGOULÊME,

POUR LA CAUSE DES ROIS.

2

ESSAI 3e.

ODE.

Ainsi, des factieux l'audace criminelle,
Excitant les fureurs d'une ligue rebelle,
Prétendait usurper le sceptre des états;
Mais Dieu seul fait les rois et commande à l'orage.
Leur impuissante rage
Voit l'opprobre et la mort payer leurs attentats.

Vous disiez cependant : « Guerre au pouvoir suprême!
» Tombe du front des rois l'antique diadème!
» Contre eux armons l'audace, évoquons les enfers,
» Et que l'Europe enfin, de ses rois affranchie,
» Orageuse anarchie,
» En criant *Liberté!* tende ses bras aux fers. »

Rois, que ſont dans vos mains ces ſoudres sans vengeance?
Quoi! de ces fiers Titans vous voyez l'insolence,
Et vous dormez sans crainte au bruit de leurs complots!
Déjà Naples en deuil gémit sous leur outrage.
Des enſans de Pélage,
Sous leurs coups égarés, le sang coule à longs flots.

Faut-il vous rappeler les fléaux de la France,
Son désespoir, son deuil, et sa longue souffrance?
Quel Scythe, à ces récits, ne répandrait des pleurs?
O Dieux! quel ciel lointain, quelle mer, quels rivages!
Et quels peuples sauvages
N'ont pas été frappés du bruit de nos malheurs?

Cachez-moi ces bourreaux et ces pâles victimes,
Cet horrible appareil, ces instrumens des crimes!
Elle immole ses rois, et se donne aux tyrans!
O France, tu n'es plus qu'une plaine déserte
Qui, de tombeaux couverte,
Est le royaume affreux des vautours dévorans!

De ces temps désastreux détournons la pensée....
Mais que dis-je? la France est encor menacée?
Le fer s'aiguise encor pour des crimes nouveaux!
Dans l'ombre s'aggrandit une ligue insolente,
Et l'Europe sanglante
Sera bientôt livrée à l'effroi des bourreaux!

Aux armes! vengez-vous : confondez les rebelles,
Il en est temps! Brisez leurs trames criminelles;
Poursuivez la discorde, étouffez ses projets :
Il est temps! prévenez le signal des alarmes,
Et sauvez, par vos armes,
Des remords éternels à de traîtres sujets.

Mais quel pouvoir dans Naple a calmé les tempêtes?
Amours, muses, beaux-arts, de fleurs ceignez vos têtes;
Ne craignez plus de Mars les apprêts inhumains;
Revenez, Parthénope en son sein vous rappelle :
La discorde cruelle
S'enfuit au seul aspect des belliqueux Germains.

Cependant Alecton triomphe aux bords du Tage.
Arme-toi ! Des Germains cours achever l'ouvrage,
Prince, va conquérir la paix aux souverains :
Vois sur tes étendards déjà planer la gloire.
Entends-tu la victoire
Qui t'appelle à Cadix, les palmes dans les mains ?

Il paraît ; tout s'enfuit : le ciel calmé s'épure.
Tel de ses rayons d'or le roi de la nature
Dissipe de la nuit tous les brouillards épais.
Écoutez : Dépouillant sa foudre meurtrière,
L'organe de la guerre
Dans tous les forts soumis retentit pour la paix.

Le héros des Français, que la gloire environne,
A, sur le front des rois, replacé la couronne,
Et la triste Madrid s'affranchit d'un long deuil.
Pour lui l'encens des dieux fume aux rives du Tage ;
Son modeste courage
De la victoire encor a su vaincre l'orgueil.

Reviens, appui des rois, au sein de ta patrie;
Reviens, comblant l'espoir d'une épouse chérie,
Montrer ton front vainqueur aux peuples empressés.
D'un triomphe éclatant viens savourer l'ivresse,
Et qu'un jour d'allégresse
Efface, pour jamais, tous les malheurs passés.

Que de l'arc triomphal la pompe se déploie;
Que l'Olympe réponde aux transports de la joie.
Épuisons de Saba les parfums précieux;
D'or, de pourpre, de fleurs couronnons ses trophées;
Et vous, nouveaux Orphées,
Célébrez un héros digne de ses aïeux.

Mais quel feu prophétique anime mon délire?
Des sons plus doux, plus purs, s'exhalent de ma lyre;
Un céleste rayon vient éclairer mes yeux;
Et je vois, au milieu d'une troupe choisie,
Nous versant l'ambroisie,
La paix, dans nos cités, abjurer les faux dieux.

Tous les dieux bienfaisans descendent sur la terre;
Mars, auprès de Vénus, a brisé son tonnerre,
L'amour verse l'ivresse aux guerriers désarmés:
A la beauté timide ils racontent leur gloire,
Et la belle victoire,
De loin, sourit encore à leurs regards charmés.

Des arts et de la paix les nymphes innocentes,
Les amours enjoués et les grâces décentes,
Ramènent, par essaims, les folâtres plaisirs;
Ils conduisent, en chœurs, les danses du bocage,
Et j'entends, sous l'ombrage,
Daphnis chanter le dieu qui lui fait ses loisirs.

Phœbus ajoute encore aux trésors de Cybelle;
Le fruit mûrit plus doux, et la moisson plus belle;
L'espoir sourit sans crainte à nos coteaux en fleurs;
De l'hymen fortuné naissent partout les gages:
A l'abri des orages,
Les fleurs pour l'avenir portent des fruits meilleurs.

Régnez, muses, beaux-arts, sur l'Europe éclairée;
Brûlez un pur encens sur les autels d'Astrée;
Des lauriers d'Apollon couronnez les vertus.
Les dieux de nos destins seront jaloux eux-mêmes;
Les sacrés diadêmes
Ne ceindront désormais que le front des Titus.

ÉPILOGUE,

A S. A. R. MADAME LA DUCHESSE

D'ANGOULÊME.

Sous les ombrages frais que baigne le Permesse,
Euterpe m'adoptait parmi ses nourrissons;
Assise à ses côtés, j'écoutais ses leçons.
Instrument des amours, la flûte, avec mollesse,
Sous ma lèvre inhabile, essayait des chansons;
Et, dirigeant mes doigts sur l'ébène sonore,
La muse les levait, baissait, levait encore:
Mon souffle harmonieux formait ses premiers sons.
Soudain la Renommée, aux filles de mémoire,
Du prince, avec orgueil, annonçant les exploits,
Remplit tout le vallon de ses cris de *victoire!*
Au bruit inattendu de la nymphe aux cent voix,
Inutile, ma flûte échappe de mes doigts;
Mon cœur, impatient d'un orageux délire,
Se trouble; d'Érato ma main saisit la lyre,

Et ma bouche, à longs flots, exhale mes transports.
La muse, avec dédain, écoutait mes accords;
Mais bientôt, m'arrachant ses cordes immortelles :
« Imprudente, oses-tu t'égarer dans les cieux !
» Crains au feu de Rousseau de consumer tes ailes :
» L'aigle seul a le droit d'interroger les dieux.
» Plus modeste, aux vallons borne ton vol agile.
» Sur ton front vingt printemps ne règnent pas encor.
» Reprend ton chalumeau, laisse la lyre d'or :
» Pour chanter un héros nous voulons un Virgile. »

O princesse ! l'honneur et l'amour des Français,
D'un œil plus indulgent accueillez mes Essais;
Daignez m'encourager d'un aimable sourire :
Si ma main inhabile a profané la lyre,
Et les lauriers sacrés de votre époux vainqueur,
Ne jugez pas mes chants, daignez juger mon cœur.

ESSAI 4e.

LOUIS XVIII.

CHANT FRANÇAIS.

ESSAI 4e.

LOUIS XVIII.

CHANT FRANÇAIS.

Toi, qui dans les jours du bel âge,
Es tombé des degrés d'un trône ensanglanté;
Vivant débris d'un grand naufrage,
Dans le fond d'un exil par la foudre jeté;
Toi, qui brillas par ton courage,
Vieux héros de l'adversité,
Comme un astre au sein d'un orage.
Digne sang des rois tes aïeux,
D'un abîme sans fond tu retiras la France:
Tes lois, tes armes, ta prudence,
Ont relevé son trône à son rang glorieux.

Déjà dans ton exil, père de la patrie,
Tu méditais sa gloire et sa prospérité;
Déjà, pour l'avenir, son image chérie
Réclamait, en pleurant, les soins de ta bonté;

Déjà tu préparais ton immortel ouvrage.
Enfin, avec son roi, si long-temps regretté,
Après avoir gémi sous un long esclavage,
La France, dans ses bras, reçut la *liberté.*

Vierge dont l'heureux souffle épure la puissance;
Qui, sous son bouclier, couvre le front des rois,
Entre eux et leurs sujets tient en main la balance,
Donne au peuple un flambeau, donne au guerrier sa lance,
Et sur le trône assis, fait adorer ses droits,

Ce n'est point cet enfant du crime,
Monstre que la révolte a porté dans ses flancs,
En bonnet phrygien, en lambeaux tout sanglans,
Qui, brisant sous ses pieds le sceptre légitime,
Pour sceptre, une hache à la main,
Pour trône, un vil autel fumant de sang humain,
Pour prêtres, des bourreaux, un peuple pour victime,
Se lassa de carnage et rentra dans l'abîme.

O fureurs des peuples séduits!
Périsse de ces temps l'odieuse mémoire!
Non, Clio, pour l'effroi des siècles mieux instruits,
Les trace, en mots de sang, au livre de l'histoire.

Un soldat sort des rangs : le glaive fait ses droits.
Il dit : « *Obéissez* ! » Tout reconnaît ses lois.
Son souffle fait cesser l'ouragan populaire.
        Le feu de sa colère
Dans le monde étonné va foudroyer les rois,
Et les trônes tremblants aux coups de son tonnerre
        S'écroulent à la fois.

A son fils, né d'hier, mais souverain de Rome,
Il avait tout promis, jusqu'au Kremlin des czars ;
        Pour le fils du grand homme
Ce n'était pas assez du titre des Césars !
Il disait : « Cet enfant est l'héritier du monde ;
» Je lui lègue ma gloire, et l'Univers soumis.
    » Marchons ! l'empire que je fonde,
    » Demain n'aura plus d'ennemis ! »

    Son étoile était son oracle ;
    Sa voix, par un nouveau miracle,
    Enfantait de nouveaux soldats.
De cent peuples unis il défiait les armes,
Et quand retentissait le signal des alarmes,
La France et la victoire accouraient aux combats (1).
. . . .

(1) Des accidens domestiques ont empêché l'auteur de travailler ce

. . . .

Mais d'où vient que le ciel s'est voilé de ténèbres?
Tout mon cœur s'est troublé de noirs pressentimens;
Ma lyre, sous mes doigts, frémit en sons funèbres...
D'où partent ces gémissemens?...
Qu'entends-je? la France en alarmes,
Tremble pour les jours de son roi !..
Peuples, courez au temple, et, dans un saint effroi,
Confondez vos vœux et vos larmes...
C'est en vain ! l'ange du trépas
Accourt; sa main ouvre la tombe :
Il va frapper !... il frappe, et le sage succombe;
Et la patrie en deuil le reçoit dans ses bras.

Tu meurs!... mais les revers consacrent ta mémoire.
Tes refus de Hartwel triomphent de la mort :
Les Muses, dans l'exil, compagnes de ton sort,
Recueillent tes vertus au temple de la gloire!
Tu meurs....; mais à tes soins l'Europe doit la paix,
Et ton fils a mêlé ses lauriers de victoire
A ton royal cyprès!

---

morceau. On a cru devoir retrancher une centaine de vers qui peignent la chute de Bonaparte, le retour du roi légitime, et ses sages institutions.

Tu meurs... ; mais nous pouvons te pleurer sans alarmes ;
Nos mains sur ton cercueil peuvent semer des fleurs ;
Nous pouvons sans effroi confondre nos douleurs :
La hache des bourreaux n'est plus le prix des larmes !

Tu meurs, Nestor des rois!..Tombeaux des dieux mortels,
Ouvre-lui ton enceinte !
Temple, reçois un roi dans ta majesté sainte ;
Qu'il repose sous tes autels !...
N'entends-je pas des rois les mânes qui gémissent ?
Le dôme est ébranlé ; les murs sacrés frémissent ;
Craignent-ils des forfaits nouveaux ?
Rassurez-vous, asiles sombres ;
Le crime ne vient pas profaner vos tombeaux,
Ou rendre une victime à vos royales ombres :
Ce peuple en pleurs, ces grands, ces prêtres, ces flambeaux,
Ces étendards en deuil, et ce cortége immense,
Ces soupirs, ces hymnes pieux,
Accompagnent un roi que chérissait la France,
Dans son dernier palais, où dorment ses aïeux.

Tandis que, roi d'un jour, ce géant de la guerre,
Lui, dont l'orgueil sans frein avait rempli la terre,
Qui promettait le monde à sa postérité ;

Sa cendre à ce tombeau par cent rois habité,
Reçut de l'étranger, pour palais funéraire,
Un roc au sein de l'onde, un cyprès solitaire,
Seul parent, seul ami, pleurant sur son cercueil;
Et là son ombre en deuil
N'entend, dans ce désert, que la feuille qui tombe,
Où le flot qui se brise en grondant sur l'écueil,
Ou les pas du pêcheur qui mesure sa tombe...

Où vont à pas pressés tous ces peuples épars?
Du tombeau vers le trône, ils portent leurs regards;
A qui portent-ils leur hommage?
Quel maître, après Louis, digne de leur amour?
La douleur sur leurs fronts par degrés se dégage
Comme l'ombre des nuits aux premiers feux du jour.

Mais quelle est cette vierge assise sur le trône?
Son éclat ravissant lui vient du haut des cieux;
Le calme est sur son front; la douceur dans ses yeux;
Des lys et des lauriers composent sa couronne.
Auprès d'elle, debout, sourit la liberté;
Et la foule, à longs flots, à l'entour empressée,
Oubliant sa douleur passée,
Salue, avec transport, la *Légitimité*.

Un prince, tout en pleurs, vient s'asseoir auprès d'elle.
La vierge, en souriant, console ses douleurs,
L'entoure de ses bras, le couvre de son aile,
Et s'adresse aux Français d'une voix solennelle :
« O peuples, essuyez vos pleurs;
» Des Charles, des Louis, la race est immortelle,
» Et la tige des lys donne toujours des fleurs. »

ÉPITRE

A M*****,

AVOCAT A LA COUR DE CASSATION ET AUX CONSEILS DU ROI.

Comme on voit une jeune et timide bergère
Qui revêt des cités la parure étrangère,
Et quitte, pour le monde, un rustique séjour,
Passer de l'ombre obscure à l'éclat du grand jour,
Solognaise, à Paris ma muse osa paraître,
Et jouer le grand ton malgré son air champêtre.
La fille de nos rois l'honora d'un coup-d'œil,
Grâce à vous, à vos soins, à votre aimable accueil.
C'est vous qui, le premier, sous un heureux augure,
Corrigeant son maintien, sa démarche peu sûre,
C'est vous qui, rassurant ses timides esprits,
Dans un monde étranger, à ses regards surpris,
Tremblante, par la main, daignâtes l'introduire,
Et réclamer, pour elle, un gracieux sourire;

C'est à vous qu'elle doit l'honneur de ses succès;
Et devais-je en douter? vous plaidiez son procès.
Je ne vous parle pas de ma reconnaissance,
Ministre de Thémis et de la bienfaisance,
Protégeant l'innocent, le pauvre, tour-à-tour,
Vous prodiguez vos dons, sans espoir de retour.
Le bienfait exigeant perd toute sa noblesse;
Semé dans le secret, loin du jour qui le blesse,
Le bienfait a son prix dans un cœur généreux :
On est assez payé quand on fait des heureux.

Mais j'aime à caresser un espoir qui m'abuse,
Et je présume trop des efforts de ma Muse,
Habitante d'un sol réprouvé par les dieux.
Les beaux-arts, indignés, s'exilent de ces lieux,
Que délaisse Bacchus, que Cérès abandonne,
Où quelques fruits amers enrichissent l'automne,
Où la triste Nayade est sans ombre et sans fleurs,
Où le luth, le pinceau, languissent sans honneur;
Malgré ses longs travaux, en dépit de son zèle
Le poète n'est beau qu'où la nature est belle.

. . . .

Mais j'irai quelque jour dans ces plaines fécondes,

Où la Nymphe de Seine enorgueillit ses ondes,
Où brille des Bourbons le soleil bienfaiteur;
Oui, j'irai; je verrai ce séjour enchanteur
Plein de grands souvenirs, peuplé de grands exemples,
Où les arts ont leur culte et les vertus leurs temples;
Je verrai ces jardins, ces asiles charmans,
Des fatigues des rois nobles délassemens,
Où, prestiges savans du marbre qui respire,
Tous les dieux de l'Olympe ont encore un empire;
Où, transfuges du ciel, les âmes des bons rois
Aiment à s'égarer sous l'épaisseur des bois,
Et, contemplant des lys la tige relevée,
La France repentante aux vertus conservée,
Ces immortels charmés s'applaudissent entre eux,
Et de leur cœur s'échappe un pardon généreux.
C'est là que, chaque jour, sous des guides fidèles,
Ma Muse, jeune encor, développant ses ailes,
Dirigera plus haut son vol audacieux;
L'âme doit s'aggrandir en s'approchant des Dieux.

ÉLÉGIES ET IDYLLES.

ESSAI 6e.

LA FÊTE.

ÉLÉGIE PREMIÈRE.

Il m'en souvient, ce jour était sa fête;
Heureuse, sur mon luth, j'exprimais mon amour.
De simples fleurs, je couronnais sa tête.
Il m'en souvient; c'était mon plus beau jour.
Il souriait de loin à mon âme ravie!
Qu'il venait lentement au gré de mon envie!
Mes vœux impatients appelaient son retour.
Il renaissait!.. Enfin, je saluais l'aurore,
Qui me rendait un jour cher à tous les bons cœurs.
Je volais butiner la corbeille de Flore,
Et de joyeux festons nuançais les couleurs.
Chaste Muse de l'innocence,
Qui de ton lait divin as nourri mon enfance,
Tu m'inspirais les plus doux chants;
Et mon luth attendri, dans ses accords touchants,

De ma timide voix soutenait la faiblesse.
Dans l'âge en fleur de ma jeunesse,
Devant mes pas s'ouvrait un heureux avenir!...
Mon astre est éclipsé.... Ce jour revient encore;
Fraîche comme autrefois, j'en vois briller l'aurore;
Je chante; mais hélas! mon luth mouillé de pleurs,
Mon luth, en deuil, plaintif et solitaire,
Ne soupire que mes douleurs....
Jardins chéris, je viens vous demander des fleurs :
Des fleurs! pour les semer sur le tombeau d'un père!

ESSAI 7e.

A MES COMPAGNES.

ÉLÉGIE DEUXIÈME.

Vous dont l'âme est vierge au malheur,
Vous dont les yeux remplis de charmes,
Sur les maux seuls d'autrui versent de douces larmes,
Voyez, sur moi le sort épuise sa rigueur.
Mes compagnes, plaignez, ah ! plaignez votre amie !
Autrefois des ris, des amours,
Comme vous je marchais suivie;
Mais mon matin touche au soir de ma vie;
Pour moi le ciel est sans beaux jours.
Jeune encor, sur mes traits, l'œil cherche la jeunesse.
Pour la douce amitié, je n'ai plus de tendresse.
Non, non, vos discours superflus
Ne me rendront jamais les biens que je n'ai plus...

Voyez ! triste et décolorée,
De ma jeunesse, en deuil, la délicate fleur,
De sa tige, hélas ! séparée,
S'effeuille lentement sous les doigts du malheur !

ESSAI 8e.

L'ATTENTE.

ÉLÉGIE TROISIÈME.

Souvent nous l'attendions vers le déclin du jour,
Lorsque l'ombre, à longs plis, s'étendait dans nos plaines,
Et de la nuit signalait le retour ;
Nous l'attendions, tremblantes, incertaines.
Je me disais, le cœur plein de crainte et d'espoir :
« Bon père ! s'imposant un pénible devoir
» Que donne à nos besoins une modeste aisance,
» Il nous prive le jour de sa douce présence ;
» Mais il nous l'a promis : il reviendra ce soir.
» Par quels dons l'accueillir ? je veux des fleurs qu'il aime,
» Nuancer en bouquet les brillantes couleurs ;
» Un cœur sensible et bon aime toujours les fleurs :
» De la félicité, c'est le riant emblême.
» Je mettrai sous ses yeux le dessin que j'ai fait,

4

»De ses traits image fidèle;
»Mon crayon, dans mon cœur, en a pris le modèle,
»Et de tous mes travaux, c'est le moins imparfait.
»Ma main, en son absence, osa toucher sa lyre;
»A mes faibles essais je le verrai sourire.
»Un reproche, adouci par un tendre baiser,
»D'abord accusera mon peu d'obéissance;
»Je sais par quel moyen je pourrai l'apaiser :
»J'obtiendrai mon pardon d'un trait de bienfaisance.
»La main qui sur sa lyre essaya quelques sons,
»A soulagé la timide indigence;
»Alors oubliant sa défense,
»Il applaudira mes chansons.... »

La nuit tombait : au milieu du silence,
Nous entendions les mouvements pressés
Du coursier hennissant dans sa fuite légère,
Qui, parmi ses enfants, ramenant un bon père,
Précipitait l'essor de ses pas cadencés.
Hélas ! je vois encor, témoignant sa tendresse
Autour de nous, Fidèle qui s'empresse,
Bondit, ne contient plus ses rapides élans,
Appelle, en se jouant la main qui le caresse,
Et reçoit le tribut de ses soins vigilans....

Le voici : sur son cœur, il nous tient, il nous presse,
Il nous dispense son amour !...
Ainsi nous l'attendions vers le déclin du jour.
Il n'est plus ! et sans nous, échappé de l'orage,
Il a fini son pénible voyage,
Et dans les cieux nous attend à son tour !

ESSAI 9e.

A MA MÈRE.

ÉLÉGIE QUATRIÈME.

Je n'affligerai plus ton cœur;
Dissipe enfin tes mortelles alarmes :
Un doux rayon de l'astre du bonheur
Luit à mes yeux et vient sécher mes larmes.
Ma mère, dépouillons ces habits d'un long deuil;
Oublions nos douleurs passées.
C'est trop gémir sur un triste cercueil;
Renaissons à la vie, égayons nos pensées.
Les plus grands maux n'ont pas d'éternelles douleurs.
On n'entend pas toujours gronder les noirs orages;
Le ciel n'est pas toujours voilé par les nuages,
Et toujours l'aquilon ne brise pas les fleurs.
Vois ce ciel amoureux caresser la nature;
La terre, avec orgueil, étaler sa parure;

Des oiseaux, sous l'ombrage entends les doux concerts;
A l'aimable gaîté que nos cœurs soient ouverts !
Quittons le deuil ! rends-moi mes ornements de fête;
Jeune, je veux renaître au monde, à ses plaisirs.
Ces fleurs, comme autrefois, vont couronner ma tête.
Immolons au bonheur nos tristes souvenirs.
Je veux chanter; écoute : une muse m'inspire;
    Mon luth s'attendrit sous mes doigts;
    Je vais chanter comme autrefois...
Tu détournes les yeux; tout bas ton cœur soupire!
    Aurait-il deviné mon cœur?
Je le vois trop : à l'œil d'une mère chérie,
Sa fille ne saurait déguiser sa douleur :
    Quand l'âme est à jamais flétrie,
Le front ne peut jouer l'air serein du bonheur.

ESSAI 10e.

A MON TUTEUR.

ÉLÉGIE CINQUIÈME.

Oui, ma douleur fait injure à vos soins :
De vos bienfaits sur moi, la prodigue largesse,
Ami trop généreux, prévient tous mes besoins,
Et vos discours, pleins de sagesse,
Comme un baume divin, coulent sur mes malheurs ;
Mais ne me privez pas du charme de mes pleurs !
Tous les plaisirs en foule, empressés de me plaire,
Près de vous viennent me chercher ;
Mais à ma douleur solitaire
Rien, non rien ne peut m'arracher.
Seule avec vous, m'abreuvant de mes larmes,
Ce n'est qu'à vos discours que je trouve des charmes.
Oui, quand du ciel la facile bonté,
De mon sexe jaloux me rendant le modèle,
Je ceindrais d'Érato la couronne immortelle ;

Sans rivale en talents, sans rivale en beauté,
Sur les bords de la Seine, applaudie, adorée,
  Quand je pourrais, sur ma lyre inspirée,
  Trouver des sons pour la postérité;
  Quand tout-à-coup la fortune bizarre,
Pour moi, de ses faveurs se montrant moins avare,
  Et de mon sort corrigeant la rigueur,
Permettrait à ma main de s'ouvrir au malheur:
Tous ces dons prodigués à ma triste jeunesse,
    Talents, vertus, beauté, richesse,
Ne rempliraient jamais le vide de mon cœur.

ESSAI 11e.

LES ADIEUX.

ÉLÉGIE SIXIÈME.

Séjours brillants du luxe, enfant de l'opulence,
Où, rivaux de prestige et de magnificence,
Les arts, à pleines mains, prodiguent leurs trésors;
Mes yeux n'ont encor vu que vos pompeux dehors.
Ignorant du bon ton l'adroite politesse,
Simple élève des dieux qui peuplent nos vallons,
Jamais mon pied timide, en vos bruyants salons,
Des superbes tapis n'a foulé la richesse.
O mon palais de chaume, ô modestes lambris!
Toit rustique où mon père, heureux de ma naissance,
Mollement dans ses bras a reçu mon enfance!
Où le charme si doux de mes premiers souris
Fit l'orgueil de ma mère! ô riantes prairies,
Où, novices encor, mes pas mal assurés,
S'essayaient sur l'émail des pelouses fleuries!

Vallons délicieux, jardins, bosquets sacrés,
Où l'amour paternel, sous votre frais ombrage,
Déjà mûr aux leçons, formait mon premier âge;
A mes faibles esprits, par ses soins éclairés,
Pour tout livre une fleur, comme moi jeune éclose,
Montrait Dieu tout entier dans le sein d'une rose;
Où mon père....; mais Dieu m'envia ce bonheur!...
Adieu donc, je vous perds, lieux si chers à mon cœur;
Adieu projets, espoirs, séduisantes images,
Qu'un vent contagieux, dans une nuit de deuil,
Dispersa, sans retour, au bruit des noirs orages.
J'ai pour seul bien encor l'espace d'un cercueil,
Asile où vient pleurer ma douleur solitaire,
Et les bras de ma sœur et le sein de ma mère....
Mais non; il faut tout perdre, il faut qu'un vain orgueil,
La loi du préjugé, une vaine chimère,
Me laisse, sans asile, en proie à ma douleur!
Adieu donc, je vous perds, lieux si chers à mon cœur!

. . . .

. . . .

Adieu les doux plaisirs de mon adolescence:
Non, non, je n'irai plus au matin d'un beau jour,
De la rose et l'œillet épier la naissance;

Et dispensant aux fleurs les soins de mon amour,
On ne me verra plus, à la source prochaine,
Me courber, en suivant le penchant de l'arêne,
Le genoux et la main appuyés sur les bords,
Dans le cristal brisé, plonger l'urne sonnante,
Qui de l'onde en ses flancs reçoit les purs trésors,
Et de mon faible bras la retirer pesante.
Les échos de nos bois oublieront mes chansons.
Vous ne m'entendrez plus, mes joyeuses compagnes,
Vous chanter les vieux airs si doux à nos campagnes;
Et, disciple de Pan, vous donner des leçons.
Vous foulerez sans moi l'herbe molle et fleurie.
Et toi, mon seul espoir, toi, ma mère chérie,
Je ne te paierai plus le tribut de mes soins.
Appui de ses vieux jours, ma tendresse empressée
Observant ses désirs, devinant sa pensée,
Accourait au-devant de ses moindres besoins.
Seule, je présidais à sa parure antique,
Aux mets simples et purs de sa table rustique;
Et, dans un lit moelleux, l'épaisseur du duvet,
Souvent amoncelé par les mains de sa fille,
La recevait, souffrante; et sa jeune famille
D'un amour inquiet veillait à son chevet.
Le ciel m'envie encor ces soins de ma tendresse.

Adieu charmes heureux de ma belle jeunesse !
Adieu ma douce mère, adieu ma jeune sœur.
Auprès de vous, pour moi, la coupe de la vie,
Malgré le sort cruel, avait quelque douceur ;
Notre amour y mêlait des gouttes d'ambroisie ;
Mais tout s'est corrompu sous un souffle ennemi :
Hélas ! on n'est jamais malheureux à demi.

ESSAI 12e.

LE LILAS.

ÉLÉGIE SEPTIÈME.

Un an s'est écoulé : je revois ces beaux lieux,
Ces jardins, ces vergers, plantés par mes aïeux,
Cultivés, embellis par la main de mon père,
Ces lieux de ma naissance...; et j'y suis étrangère!
Ils subissent la loi d'un nouveau possesseur.
Non, ce n'est plus pour moi que la fleur vient d'éclore,
Que le raisin mûrit, que le fruit se colore;
Non, dans ces lieux, ma jeune sœur,
Nous n'irons plus, rivales des abeilles,
Butiner sur les fleurs vermeilles.
Sous l'ombre des berceaux touffus,
Nos doigts légers nuançant des guirlandes;
Mon père ne sourira plus
A ces douces offrandes.

Mon père ! ô destins ennemis !
La mort à notre amour l'a ravi, jeune encore ;
Un affreux cercueil le dévore !.....
Voilà donc le bonheur qu'il m'avait tant promis !....

Laissons cette heureuse jeunesse
Suivre les transports des plaisirs ;
Fidèle à d'amers souvenirs,
Oui, dérobons-lui ma tristesse !
Fuyons sous ces lilas en fleurs.
Ici, loin du bruit, isolée,
Je puis, m'abreuvant de mes pleurs,
Charmer mon âme désolée :
C'est le seul baume des douleurs.

Je pleure,... et sur leurs fronts le plaisir se déploie !
Des bruyants transports de la joie
De loin les sons mourants parviennent dans ces lieux.
O ma compagne la plus chère,
Joyeuse, tu souris à ton amant joyeux ;
Aux sons des instruments, sous les yeux de ton père,
A pas précipités tu t'avances, légère,
Et son cœur en palpite et de joie et d'orgueil :
Souvent, près des plaisirs l'on voit les pleurs du deuil.

Que vois-je? tout a pris une forme étrangère.
    Qu'est devenu ce beau lilas
    Planté le jour que mon bon père,
    Heureux, me reçut dans ses bras?
Tous deux le même jour nous avons pris naissance.
Mon père se plaisait à former notre enfance.
Quand s'est évanoui le flambeau de ses jours,
J'ai vu tomber ta fleur et ta feuille flétrie,
Bel arbre, l'astre heureux qui nous donnait la vie
    S'est éteint dans son cours.
Dieux! je vois ta racine à jamais desséchée;
Et moi je vis encor, condamnée aux douleurs!
Pourquoi, nymphe plaintive à ton sort attachée,
Quand tes rameaux flétris ne donnent plus de fleurs,
Hélas! mes yeux encor répandent-ils des pleurs?

ESSAI 13e.

A Mme DE L****.

ÉLÉGIE HUITIÈME.

Si vous voulez des chants, rendez-moi mes beaux jours,
Lorsque le ciel en deuil, appelant les nuages,
Aux riantes moissons verse les noirs orages,
Sous son toit solitaire, oubliant ses amours,
La bergère se tait, craintive; et Philomèle,
Qui charmait nos bosquets par ses sons éclatans,
Sous les rameaux touffus où son nid la recèle,
Timide et sans voix, tremble... hélas! il fut un temps
Où ma Muse, à mes vœux, à mes amours fidèle,
Guidait le jeune essor de mes pas inconstans,
Soit aux champs émaillés de fleurs fraîches écloses,
Où de simples bergers, dans leurs charmants loisirs,
Joyeux, chantent l'amour, ses peines, ses plaisirs,
Et Sylvie et Doris, plus belles que les roses;

Ou, soit que sur les pas de l'élégie en pleurs,
Seule, au bord d'un ruisseau, de chagrins accablée,
Je surprenne Philis, plaintive, désolée,
Et redise aux échos ses touchantes douleurs.
Ce temps n'est plus ! mon luth languit sans harmonie,
Et ma muse infidèle à mes jeunes amours,
Qui couvrait dans sa fleur l'espoir de mon génie,
A fui.... Qui me rendra ma muse et mes beaux jours?

ESSAI 14e.

LA NOCE DE PHILIS.

IDYLLE PREMIÈRE.

Le doux soleil d'avril fécondant la nature,
Couronnait le printemps de fleurs et de verdure;
L'amour, sur l'univers secouait son flambeau;
Tout aimait, dans les bois, à la ville, au hameau,
Tout brillait de jeunesse au matin de l'année;
Partout l'amour serrait les nœuds de l'hyménée :
Le ciel retentissait des hymnes à l'amour.

Sur son trône vermeil, l'aurore d'un beau jour,
Annonçait des plaisirs aux bergers du village;
Déjà des fleurs aux mains, des fleurs à son corsage,
Dans le modeste éclat de son bel ornement,
La bergère de loin sourit à son amant.
Aux plaisirs d'un beau jour, tout le hameau s'apprête.

Le temple revêtu d'un appareil de fête,
Se couronne de fleurs et de festons nouveaux.
Philis, vierge aux quinze ans, rose de nos hameaux,
On prépare pour toi la pompe d'hyménée :
Tu dois au beau Lysis ta belle destinée.
Oui, le ciel bénira vos liens amoureux ;
Le bonheur appartient à qui fait des heureux.

Fille du riche Idas, Philis, simple, modeste,
Et portant le bienfait dans son regard céleste,
L'arrosoir d'une main versait la vie aux fleurs,
De l'autre, à l'indigent, l'oubli de ses malheurs.

Lisis, beau de fraîcheur, de force, de jeunesse,
N'ayant que son amour, ses vertus pour richesse,
Et pour unique dot l'espoir de ses travaux,
Aux yeux mêmes d'Idas, éclipsa ses rivaux.

Les dieux comblent de biens celui qui les adore;
Et le pieux Idas s'en souvenait encore :
Quel cœur ingrat des dieux oublierait les bienfaits ?
Lorsque d'affreux brigands, au règne des forfaits,
Du riche dépouillé, ravissant l'héritage,
Des biens du bon Lycus, se faisaient le partage;

Dans l'espoir qu'à son maître il peut les conserver,
De leurs avides mains, Idas sut les sauver.
Enrichi par les fruits de ses soins, de ses peines,
Il acquit à vil prix de fertiles domaines ;
Il fut riche colon. Hélas ! dans son bonheur,
Un cruel souvenir vient déchirer son cœur :
Loin du sol paternel, qu'est devenu son maître?
Errant sous d'autres cieux, banni, pauvre peut-être....
Ah ! si Lycus enfin revenait parmi nous !
Un jour s'il lui disait : « Tous ces biens sont à vous ! »

Mais l'épouse revêt sa robe nuptiale,
Et la rose embellit sa pudeur virginale.
Des mains, avec adresse, à l'or de ses cheveux,
Mêlent l'orange en fleur et le myrte amoureux.
On s'empresse autour d'elle, on vient lui rendre hommage.
Le feu de la pudeur, parcourant son visage,
Verse un tendre incarnat sur ses traits embellis;
Dans un bouquet de fleurs, tel l'albâtre des lys,
Se peint des doux reflets des roses purpurines (1).
Son embarras ajoute à ses grâces divines.

(1) Flagrantes perfusa genas : cui plurimus ignem
Subjecit rubor.........................

Conduite avec respect par la main des vieillards,
Entraînant tous les cœurs, charmant tous les regards,
Elle marche; à sa suite, un long ordre s'avance;
Déjà le temple s'ouvre, et l'on entre en silence;
Le prêtre saint paraît; il monte vers l'autel;
Les chants ont retenti dans le cœur paternel;
Dans la main des époux le saint flambeau s'allume;
Le voile se déroule; autour d'eux l'encens fume;
Et l'hymen, dans les cieux, emporte leur serment.
Le destin de la vie est l'œuvre d'un moment.
Ils sont unis. Les vœux et les chants d'hyménée
Accompagnent l'épouse en pompe ramenée:
On entre en se pressant sous le toit paternel,
On s'embrasse, on s'assied au banquet solennel;
Sur tous les fronts ouverts, le plaisir se déploie;
Les vins, les doux propos font circuler la joie;
Le vieillard, l'œil humide, au comble de ses vœux,
Se recueille, et tout bas il rend grâces aux dieux.
Mais ce jour, ce banquet, sa Philis lui rappelle
D'une épouse, au cercueil, l'image trop fidèle:

.... Mixta rubent ubi lilia multâ
Alba rosâ: tales virgo dabat ore colores.

Énéide, L. XII.

Des regrets douloureux se glissent dans son cœur :
« Jeune, elle avait ces traits, ces yeux pleins de douceur,
» Lorsque, belle et timide, à l'autel amenée....
» Hélas ! la mort flétrit les fleurs de l'hyménée,
» Et ses myrtes heureux se changent en cyprès !...
» Mais un joyeux refrain l'arrache à ses regrets :

» Lorsque l'enfant ailé guette un bouton de rose,
» Confiez à l'hymen la fleur à peine éclose.

Ainsi, le verre en main, chantaient à l'unisson,
Les convives joyeux; soudain le vieux Milon,
Jadis du bon Lycus serviteur plein de zèle;
Alors ami d'Idas, son compagnon fidèle,
Pâle, l'air empressé, précipitant ses pas,
Entre, interrompt les chants, s'avance, appelle Idas.
» Écoutez, écoutez...; Idas veuillez m'entendre !
» Dans le verger voisin, mon œil vient de surprendre,
» Solitaire, inquiet, sous les pommiers en fleurs,
» Un vieillard qui paraît accablé de douleurs,
» Sur un bâton noueux soutenant sa faiblesse,
» Indigent, mal vêtu, mais l'air plein de noblesse;
» Je m'approche, il me voit, et s'échappe à mes yeux;
» J'ai reconnu Lycus...— Que m'as-tu dit?.. grands dieux!

» Lycus, mon bienfaiteur, pauvre, souffrant peut-être !..
» Plus de fête... Courons... Il faut trouver Lycus !
» Non, sans lui, dans ces lieux, non, je ne reviens plus ! »
On se lève, on se mêle, on sort, et tout s'empresse.
Idas a retrouvé l'ardeur de sa jeunesse ;
Il court... Bientôt Lycus est serré dans ses bras...
« O mon maître, est-ce vous ?... Reconnaissez Idas !...
» C'est vous que je retrouve, après vingt ans d'abscence !
» Mais qui vous inspirait si peu de confiance ?
» Pourquoi vous dérober à nos regards surpris ?
» —L'indigence est timide : elle craint les mépris ;
» Et du pauvre souvent la présence importune.
» —Lycus pauvre ! Voici vos biens, votre fortune ;
» Lycus, je vous rends tout, et mes vœux sont remplis.
» Venez ; nous célébrons l'hymen de ma Phylis ;
» Embellissez la fête ... — Ami plein de noblesse !
» Non, non, je ne veux pas dépouiller ta vieillesse,
» Et de ces deux époux trahir le riche espoir !
» —Dois-je, ingrat envers vous, trahir un saint devoir ?
» Reprenez tous vos biens, Idas vous en conjure ;
» D'un injuste refus, épargnez-moi l'injure...
» Vous détournez les yeux ; mes enfants, venez tous ;
» Joignez-vous tous à moi ; tombons à ses genoux !
» Lycus n'est point armé d'un cœur inaccessible,

» Pour résister long-temps, Lycus est trop sensible...
» Il s'attendrit...; des pleurs ont coulé de ses yeux.
» —Oui, reprenez vos biens, et régnez dans ces lieux,
» S'écriaient les vieillards... Nos moissons, nos vendanges,
» Combleront pour Lycus nos pressoirs et nos granges ;
» Pour Lycus nos jardins ont des fruits et des fleurs.
» Disposez de nos biens, ainsi que de nos cœurs.
» — C'est trop ! je cède aux vœux de la reconnaissance.
» Pardonnez au malheur un peu de méfiance.
» Il est des cœurs ingrats et des cœurs généreux.
» Près d'un sol infidèle est un sol plus heureux.
» Sous cet habit menteur, innocent stratagême,
» Je voulais aujourd'hui vous éprouver moi-même;
» Je suis venu : tout rit à mes yeux satisfaits.
» Oui, mon vieux, je suis riche, et reçois tes bienfaits;
» Je reprends tous mes biens.... pour en doter ta fille.
» J'ai d'autres dons pour toi, ton gendre et sa famille.
» Entrons : je veux m'asseoir à vos banquets joyeux,
» Et revoir les foyers où vivaient mes aïeux. »

ESSAI 15e.

DAMALIS ET DÉLIE.

IDYLLE DEUXIÈME.

Alternis igitur contendere veribus ambo
Cœpere ; alternos musa meminisse volebant.
VIRGILE, *Ég.* VII.

DÉLIE.

Vois comme tout renaît, mon aimable compagne;
Sa robe d'hyménée embellit la campagne,
Et jamais je n'ai vu briller de plus beaux jours.
Écoute les oiseaux qui chantent leurs amours :
Tout invite à chanter : ce beau ciel, la verdure,
Le doux bruit des essaims, ce ruisseau qui murmure.
Je ne sais; mais un dieu vient inspirer mon cœur,

Si je me fais un dieu d'une frivole ardeur (1).
Aglaé veillera sur le troupeau docile.
Viens; chantons tour à tour sur un mode facile.
Le mode à double voix plaît aux muses des champs (2).
Commence; j'essaierai de répondre à tes chants.

DAMALIS.

Que nos premiers accents soient pour la bienfaisance!
Déesse, dans tes bras tu reçus mon enfance,
La nourris de ton lait, de tes soins maternels.
Accepte de mon cœur les tributs solennels.

DÉLIE.

Détournez ce ruisseau qui, dans sa course agile,
Mine en secret les pieds de l'arbrisseau fragile:

---

(1) ... Dii-ne hunc ardorem mentibus addunt
Euryale? An sua cuique Deus fit dira cupido.
Énéide, L. IX.

(2) Alternis dicitis : amant alterna camenœ.
VIRGILE, *Ég.* VII.

Et de l'arbre agrandi les rameaux bienfaisans,
Fourniront, à leur tour, de l'ombre à vos vieux ans.

DAMALIS.

Bergers, souvenez-vous de la triste journée
Où l'orage a détruit vos travaux d'une année;
Daphnis vous partagea ses heureuses moissons....
Bon Daphnis, sois toujours l'objet de mes chansons!

DÉLIE.

Monument d'un bienfait, cher aux dieux du village,
De l'arbre de Daphnis consacrez le feuillage.
Qu'il élève, à jamais, ses rameaux triomphants!
Que le père, attendri, le montre à ses enfants!

DAMALIS.

Lorsqu'une moisson d'or tombe sous la faucille,
Pour recueillir sa vie, une pauvre famille
Après le moissonneur marche à pas incertains;
Laissez quelques épis s'échapper de vos mains.

DÉLIE.

Prenons pour guides sûrs les mœurs de nos ancêtres.
Élevons des autels à tous les dieux champêtres,
L'aimable bienfaisance, et la tendre pitié,
La pudeur, l'amour chaste, et la douce amitié.

DAMALIS.

O vous, qui fréquentez les bords de Castalie,
N'offrez jamais d'encens au dieu de l'Idalie.
Si vous trouvez l'amour endormi sur des fleurs,
Craignez de l'approcher; c'est le tyran des cœurs.

DÉLIE.

Parlons plus bas : craignons d'outrager son empire;
Ce dieu règne, en vainqueur, sur tout ce qui respire.
Cygne cher à Vénus, et taureau mugissant,
Jupiter de l'amour porta le joug puissant.

DAMALIS.

Noble et sainte amitié! ta flamme est sans orage,
De mon cœur à jamais reçois le pur hommage;

Il faut qu'après vingt ans la raison ait son tour.
Amitié, dans ton sein, je puis braver l'amour.

PAN, *sortant du bosquet.*

Enfants, je suis un dieu favorable au village,
J'écoutais vos chansons, caché dans le feuillage.
Pan, le dieu du Ménale et des chants bocagers,
Vous offre, pour présents, ces chalumeaux légers;
Ma main les a cueillis sur les bords poétiques,
Que Virgile illustra par ses chants bucoliques;
Puissent-ils, sous vos doigts, former les mêmes sons,
Qui chantaient, dans ses vers, l'amour et les moissons.

FIN.

TABLE.

FIN DE LA TABLE.

6

www.ingramcontent.com/pod-product-compliance
Ingram Content Group UK Ltd.
Pitfield, Milton Keynes, MK11 3LW, UK
UKHW022126190726
13855UKWH00003B/1049